I0686299

NOTES

SUR L'ÉTAT DE L'INDUSTRIE

DES

THÉATRES

Depuis le Décret de 1864

PAR

G. MARYE

PARIS

—

L. HUGONIS

Imprimeur

19 — PASSAGE VERDEAU — 19

—

1877

NOTES

SUR

L'ÉTAT DE L'INDUSTRIE DES THÉATRES

Depuis le Décret de 1864

—◦◦◦◦◦—

NOTES

SUR L'ÉTAT DE L'INDUSTRIE

DES

THÉATRES

Depuis le Décret de 1864

PAR

G. MARYE

PARIS

—

L. HUGONIS

Imprimeur

19 — PASSAGE VERDEAU — 19

—

1877

I

LE RÉGIME PROTECTEUR DE L'INDUSTRIE
DES THÉATRES

Le régime protecteur de l'industrie dramatique tel qu'il existait en France, avant 1864, a
produit les meilleurs résultats; c'est grâce à lui
que seule, entre toutes les nations, la France
peut revendiquer l'honneur d'avoir encore un
art dramatique complet.

En fait, la liberté des théâtres ne saurait
exister d'une façon absolue et je pense que,
quelque soit le parti auquel on appartienne, on
se rencontrera avec nous sur un point qui inté-
resse à la fois la grandeur de notre art, la sécurité de tous et la morale publique.

Que sont devenus aujourd'hui les théâtres

de l'Italie, ce pays de la liberté artistique, dont le ciel semble être si propice au développement de l'art ? Ils pullulent sur le sol italien et, dégagés d'entraves administratives, ils sont, ville par ville, rangés sous la main d'un entrepreneur qui, sans nul souci de la dignité des artistes et de l'importance de l'art, ne voit, dans le théâtre, qu'un commerce devant produire plus ou moins et pour lequel tous les moyens d'exploitation sont bons.

Les quelques artistes italiens qui ont du talent quittent cette terre ingrate et vont au loin chercher profits et réputation. Aussi assiste-t-on, dans cette contrée, aux spectacles les plus extraordinaires, aux accouplements les plus étranges et aux immoralités les plus flagrantes qui consomment la décadence de l'art.

C'est vers cet abîme qu'en France marche l'art dramatique. Notre théâtre ne s'est maintenu, jusqu'ici dans un rang élevé, que grâce à la sollicitude des administrations centrale et locales ; mais celles-ci ne pourront plus bientôt pallier les effets désastreux occasionnés par la mauvaise interprétation du décret de 1864.

Il n'y a plus aujourd'hui, dans le sens strict du mot, de *Direction des théâtres*; la liberté arrête toute action administrative, et le fonctionnaire mis à la tête de ce service n'est qu'un spectateur mieux placé que les autres, mais auquel on refuse tout acte d'approbation ou d'improbation.

Il est temps de rejeter un système dont l'expérience a été trop complètement faite, et il nous semble urgent d'armer la Direction des théâtres, afin que l'on sente bientôt l'impulsion que donnerait la main puissamment intelligente d'un administrateur fort, honnête, sincère et dévoué aux intérêts généraux de l'art.

Il suffit d'interroger, tant en France qu'à l'étranger, les gens spéciaux, ayant des intérêts réels dans une entreprise de théâtre, — nous ne parlons pas de ces entrepreneurs qui n'ont aucun souci de l'art et de la morale, — pour recueillir des plaintes contre le régime de la liberté des théâtres qui existe partout aujourd'hui.

L'exploitation des théâtres est au nombre de ces industries qui exigent des règlements spéciaux, garantissant la sécurité morale et matérielle de tous les citoyens. L'influence d'une pièce de théâtre est bien différente de l'influence d'un livre et d'un tableau ; un livre et un tableau peuvent être retirés de la circulation s'il y a danger pour la société, mais une pièce de théâtre qui agit, avec des moyens si divers et si puissants sur le public, ne peut être enlevée de l'esprit des spectateurs qui l'ont vu représenter ; d'un autre côté, les conditions nécessaires à la représentation de l'œuvre dramatique exposent les spectateurs à un danger permanent que leur agglomération rend encore plus terrible. Ces causes placent l'industrie dramatique dans une situation exceptionnelle qui impose à l'administration le devoir de garantir la sécurité publique et la morale par l'établissement d'une censure préventive et l'exécution d'ordonnances de police réglant le mode de construction, d'entretien et d'exploitation des théâtres.

Toutes les législations portaient la trace de cette préoccupation, et aucune n'était aussi complète que la législation française par les circulaires et règlements édictés entre les deux décrets de 1806 et 1864.

Malgré toute la sagesse qui avait présidé à la confection du décret du 8 juin 1806, on avait omis de limiter le nombre des théâtres de Paris, qui se faisaient une concurrence désastreuse ; le décret du 29 juillet 1807 vint combler cette lacune en ordonnant la fermeture de tous les théâtres, sauf *douze* dont les directeurs se considérèrent, dès lors, comme investis de véritables priviléges. Ils tentèrent même plus tard de s'opposer à ce que le ministre autorisât de nouvelles créations de théâtres.

Les circulaires et décrets postérieurs à 1806 ne firent qu'apporter de nouveaux développements aux dispositions du décret du 8 juin 1806, suivant les besoins du moment.

1.

II

LE DÉCRET DE 1864

Le décret de 1864, appelé communément dé-cret de *la Liberté des théâtres,* a créé un état de licence qui ne tardera pas à ruiner l'art dramatique français et à le rendre l'égal de l'art dramatique des autres pays, si l'on peut appeler *art dramatique* ces pièces sans intrigue et sans littérature, pâles copies de nos pièces à la mode qui, toutes blâmables qu'elles sont, n'en obligent pas moins les étrangers de toutes nations à ne compter que sur la France pour alimenter leurs théâtres.

Ce n'est pas l'auteur du décret, non plus que ceux qui l'ont sollicité qu'on doit incriminer ici, mais ce sont ceux qui, chargés d'en faire observer strictement les dispositions, ont permis à un état de complète licence qui n'existe pour aucune autre émanation de l'esprit, de s'emparer de l'art dramatique et de le transformer au point de le rendre odieux à la majeure partie de la nation.

L'œuvre du décret de 1864 n'a pas été, comme on pourrait le croire, le désarmement du ministère au profit des municipalités, mais, chose plus grave, l'annihilation presque complète de l'autorité locale. Le théâtre est revenu purement et simplement au régime de 1791, régime essentiellement transitoire, dont le gouvernement républicain comprit la faute puisqu'il invita, dès 1793, les municipalités à diriger et à surveiller les entrepreneurs de spectacles. On était, évidemment, déjà loin de la simple déclaration préalable de construction de théâtre que demandait la loi de 1791.

Du côté du gouvernement, comme du côté du public, on salua la promulgation du décret du

6 janvier 1864 comme le début d'une ère de régénération que, ni le premier Empire, ni la Restauration, ni la Monarchie de juillet n'avaient voulu ouvrir. C'est que ces gouvernements pensaient, avec juste raison, que la liberté des théâtres, telle qu'on la demandait, entraînerait la destruction de la censure préventive et l'abandon des réglements de police; tandis que le second Empire l'envisagea comme une simple liberté commerciale qui permettrait à l'industrie des théâtres de produire plus et mieux. Mais ce que demandaient les esprits littéraires, comme nécessaire à la liberté industrielle, c'était la liberté artistique; on autorisa donc les art·tes des différents théâtres à interpréter, sans l'autorisation demandée par le décret de 1859, nos chefs-d'œuvre classiques, privilège qui, jusqu'alors avait appartenu aux artistes de la Comédie-Française et de l'Odéon.

Aussi vit-on le même soir, dans presque tous les théâtres de Paris, un artiste endosser l'habit de *Tartuffe* et chercher par ses allures de mau-

vais goût à provoquer un succès de scandale.
Ça été la seule tentative en faveur du répertoire classique qu'aient essayée les nouveaux
affranchis.

Cette tentative est intéressante à rappeler,
parce qu'elle montre que, dans l'esprit de ceux
qui avaient sollicité le décret, on comptait sur
une autre liberté qu'une liberté commerciale et
qu'on entendait faire donner au décret de 1864
plus qu'il n'accordait.

L'empereur Napoléon III, en proclamant la
liberté des théâtres, avait cédé à de nombreuses
sollicitations présentées par quelques directeurs de théâtres de Paris, à bout de ressources,
qui, comme dernier expédient, reprirent la
vieille lutte de la liberté contre le privilége. La
campagne fut habilement menée, chacun s'y
trompa. L'empereur, sollicité de tous côtés, crut
répondre à un besoin réclamé par la partie
intelligente du pays, lorsqu'il annonça dans
son discours d'ouverture des chambres en 1863,
qu'un prochain décret supprimerait les privi-

léges de théâtres. La spéculation, au profit de qui la campagne avait été menée, s'empara sans retard, des prérogatives données par le décret et, du même coup, au nom de la liberté, l'abolition des priviléges fut décidée le monopole établi.

III

LE MONOPOLE DE L'INDUSTRIE DES THÉATRES

La première œuvre du décret de 1864 fut la création, à Paris, d'une société aujourd'hui puissante, qui n'envisagea l'art dramatique que comme une matière exploitable.

Le but primitif de cette société était de former une coalition des entrepreneurs de spectacles ; mais la société se transforma bien vite en commanditaire des directeurs de théâtre, s'établissant ainsi directeur de fait, de la plupart des théâtres parisiens. Elle devint principale locataire des théâtres de la ville de Paris, sans être astreinte à de nombreuses obligations, car nous la voyons augmenter et abaisser le prix des places, à son gré, sans avis au public, contrairement aux réglements de police; fermer et ouvrir les théâtres sans règle fixe, transformer le genre de spectacles et même obtenir des remises de loyer qui ont peut-être été jusqu'à cinquante mille francs pour une année.

Le mode d'exploitation des théâtres appartenant à la ville de Paris est tel, qu'il semblerait que les principaux locataires n'aient d'autre but que la dépréciation des immeubles, afin d'arriver à les acquérir un jour à des conditions exceptionnelles. Aucun de ces théâtres n'a produit de bénéfice aux différents directeurs qui les ont exploités, presque tous ces directeurs sont arrivés à la faillite, et, lors du changement de direction dans un de ces théâtres, dans celui dont on se plaisait à citer les recettes fabuleuses, un critique dont on connaît la compétence en matière de théâtre, écrivait : « *le théâtre enjambe d'une direction à l'autre par dessus un abîme.* » Comment a-t-on comblé l'abîme? Nous l'ignorons; toujours est-il que les affaires de la société sont prospères, malgré les faillites successives de ses directeurs.

Afin de mieux faire comprendre le système suivi pour l'exploitation de ces théâtres, nous donnons le compte-rendu d'un procès fait à un M. Dufau, directeur du théâtre du *Châtelet*, qui fut mis en faillite avant même d'avoir ouvert les portes de son théâtre. Le compte-rendu que nous citons, rédigé d'après le réquisitoire, est pris dans la *Gazette des Tribunaux*.

« Au mois de juin 1874, Dufau s'associait de
« fait avec un sieur Hertz, artiste compositeur,
« pour l'exploitation du théâtre du *Châtelet* où
« ils entreprirent de fonder l'*Opéra populaire*.
« A cet effet, ils acquirent de M. Hostein,
« directeur du *Châtelet* et de *la Renaissance*, le
« droit à la direction du *Châtelet*, ensemble, le
« matériel, les décors et costumes, le droit au
« bail du théâtre et d'un magasin à décors
« situé rue de Montreuil, cette acquisition eut
« lieu moyennant le prix principal de 80,000 fr.
« Indépendamment de ce prix considérable,

« l'acquisition faite par les nouveaux directeurs
« entraînait pour eux des charges énormes,
« notamment les loyers ; ces loyers s'élevaient
« à 137,000 fr., savoir : 100,000 fr. pour la ville
« de Paris, propriétaire de l'immeuble, 25,000 fr.
« pour la Société parisienne, propriétaire des
« trois théâtres, principale locataire, et 12,000 fr.
« pour la location du magasin de la rue de
« Montreuil. Hertz et Dufau s'engagèrent, en
« outre, à continuer l'exécution des traités
« consentis par leur prédécesseur avec diffé-
« rents corps d'emploi ou industrie nécessaires
« à l'exploitation théâtrale, tels que : ouvreuses,
« claqueurs, limonadiers, etc., engagements
« très-onéreux pour les acquéreurs ; car
« M. Hostein avait perçu d'avance, à l'occasion
« de ces traités, diverses sommes s'élevant
« ensemble à plus de 72,000 fr. dont il ne leur
« tenait aucun compte. Un exemple : M. Hos-
« tein, le 24 juillet 1873, avait aliéné pour
« neuf cent douze représentations cent trente-
« huit places de théâtre moyennant le prix de

« 50,000 fr. payés d'avance ; Hertz et Dufau
« avaient donc à supporter, sans aucune indem-
« nité, la perte considérable résultant pour eux
« de cent-trente-huit places, aliénées au moins
« pour deux ans et demi..... »

Cet extrait est plein d'enseignements. Il
montre, en effet, comment se forment ces
directions de théâtre qui vivent ce qu'elles peuvent, ou mieux, ce que veut la Société qui rentre,
et au-delà, dans les fonds qu'elle a avancés ; qui,
afin de rester maîtresse de la situation, laisse
toujours un reliquat de compte que doit prendre le successeur, avec l'obligation de répondre
des cautionnements d'ouvreuses et de divers
industriels, et de prendre les charges résultant
de l'aliénation d'un certain nombre de places.

Cette situation explique les obsessions et les
grossièretés des ouvreuses, dont le directeur
devenu leur débiteur, n'ayant plus aucune
action sur elles, doit supporter les agissements
si préjudiciables à son entreprise. Que de trafics
ne trouvons-nous pas aux portes des théâtres?

On ferme les guichets où se délivrent les billets, malgré une salle presque vide, afin de forcer les spectateurs à acheter à la porte des billets majorés de 25 et 50 %. Cette majoration est le but auquel tendent les marchands de billets qui prêtent des sommes dont l'intérêt atteint des taux qu'on n'oserait pas imaginer.

Ces ventes de places faites par avance à des agences de location ou à des chefs de claque, s'opèrent d'une façon assez bizarre. On estime le rendement moyen d'une place et on suppose que l'acheteur en gros doit trouver son bénéfice dans l'écart entre le prix affiché et celui que le directeur du théâtre indiquera ; mais, comme ces genres de marché n'ont lieu qu'au moment d'une exploitation difficile, alors que le public délaisse ce théâtre et que le rendement moyen se trouve, par conséquent, être presque insignifiant, le prix indiqué se trouve être de 70 à 80 pour cent du prix affiché, de telle sorte que l'agent de location ou le chef de claque, en un mot, le marchand de billets a, pour deux francs par

place, une grande quantité de billets dont chacun est marqué au guichet du théâtre six francs
et qu'il peut vendre, si le théâtre tient un succès, dix et douze francs; cette proportion
est assez régulièrement observée, du reste, nous
en avons emprunté les éléments à des travaux
d'économistes ou d'hommes de théâtre qui vou-
laient prouver l'avantage d'une société puissante, cautionnant et soutenant toute l'industrie des spectacles.

Ces agissements ne sont pas propres à tel ou
tel théâtre: des théâtres subventionnés même
ont suivi cet exemple. On trouve aujourd'hui,
à la porte de tous les théâtres, les mêmes sollicitations et les mêmes tromperies.

Nous ne confondons pas cette vente avec la
vente des billets d'auteurs. A Paris, les auteurs
reçoivent une partie du montant de leurs droits
en billets d'entrée qu'ils font vendre dans le voi-
sinage des théâtres. Néanmoins, nous ne pouvons nous empêcher de faire remarquer que
cette vente de billets d'auteurs ne peut que

faciliter d'autres trafics, résultat de conventions entre le chef de claque, généralement prêteur d'argent, et le directeur devenu son débiteur.

Non-seulement le public est victime de cette exploitation; mais l'Assistance publique se trouve frustrée d'une partie du droit des pauvres; car le droit n'est prélevé que sur le produit des bureaux, l'administration n'ayant pas à se préoccuper des ventes en bloc, à un prix inférieur à celui du tarif, et la plus value échappe à la perception. Cette plus value peut atteindre, pour une pièce à succès, jusqu'à 25 0/0 du chiffre de la recette. Nous ne croyons pas nous tromper dans notre appréciation. Nous sommes surpris de voir que les recettes réelles, relevées par le contrôle de l'Asssistance publique, sont loin d'avoir l'importance qu'on leur accorde.

Nous avons tout lieu de croire que les entrepreneurs de spectacles, grâce à cette vente de billets, faite en dehors d'eux et à leur détriment lorsque la situation du théâtre n'est pas prospère, et par leurs soins s'ils tiennent un succès, éloignent d'une partie de la recette la perception du droit des pauvres, ou détournent les spectateurs ennuyés de cette exploitation continuelle à laquelle ils sont en butte. Car nous ne pouvons nous expliquer autrement le chiffre des recettes faites dans les théâtres de Paris, qui n'atteignaient pas en 1874 le double des recettes encaissées en 1844 par les mêmes théâtres, alors que les habitants de la ville de Paris étaient au nombre de neuf cent mille au lieu de dix-huit cent mille qu'ils sont actuellement, — que le prix des places était inférieur de plus d'un tiers au prix actuel, — que la population flottante était hors de toute proportion avec celle que les chemins de fer amènent sans cesse. En 1844, les théâtres de Paris ont encaissé onze millions, en 1874, dix-neuf millions. Nous pensons qu'en remontant à une date antérieure de trente ans nous fournissons le meilleur élément d'appréciation que nous puissions rencontrer ; aussi avons-nous fait choix de l'année 1844 dont les

recettes constatées officiellement, ont été dans
la moyenne de celles des années environnantes.
Il est certain qu'en tenant compte des changements apportés dans Paris, les recettes de 1874
auraient dû être de beaucoup supérieures, pour
se tenir en rapport avec les recettes des années
antérieures au régime de la liberté des théâtres
et au mouvement de population et d'affaires,
produit par les chemins de fer.

Nous voudrions pouvoir démontrer, d'une
façon plus complète, l'immoralité de la plupart
des entreprises théâtrales spéculant sur le public,
sur les artistes, sur le droit des pauvres, sur
les représentations dites à bénéfice, et, chose plus
épouvantable, sur la faillite; mais quel moyen
employer pour prouver la vérité de nos asser-
tions ? Nous ne pouvons cependant mettre les
noms! Nous nous contenterons donc de prendre
au hasard un ou deux faits connus de tous
ceux qui ont avec les théâtres une attache
quelconque. Ils montreront, ces faits, combien il
est urgent de moraliser, *par force*, une industrie

qui a une si grande influence sur les mœurs.

En voici un de l'ordre commun, de ceux qui se présentent tous les jours, mais celui-ci s'est passé, il y a un peu plus d'un an, dans un théâtre de Paris : Le directeur se retirait laissant **un** déficit considérable. On réunit les créanciers; on leur représenta la position désespérée dans laquelle se trouvait l'entreprise, si la faillite était prononcée, les créanciers perdraient tout, car une entreprise théâtrale ne laisse ni marchandises à réaliser, ni créances à recouvrer; mais le directeur *honnête homme*, ne voulant pas voir son nom entaché, donnerait à ses créanciers soixante pour cent. Les créanciers acceptèrent. On leur remit dix pour cent, en espèces, le travail de la liquidation exigeant un certain délai; le complément, soit cinquante pour cent, devait être versé quelques jours après. Les créanciers revinrent après le délai qu'on leur avait assigné, ils manifestèrent l'intention de finir une affaire qui les préoccupait, quoique ne produisant que des pertes, — on leur donna, à

2

leur grand étonnement, des valeurs à un an d'échéance, signées par le nouveau directeur. Le banquier de la nouvelle direction était le banquier de la précédente. Il proposait simplement, aux créanciers de se substituer à eux-mêmes, moyennant un rabais de vingt pour cent. De telle sorte que les malheureux créanciers ne reçurent que quarante pour cent.

Les fournisseurs habituels des théâtres sont bien contraints de passer par ces fourches caudines, aujourd'hui que la plupart des théâtres appartiennent à une seule et même société et que les théâtres, qui sembleraient devoir être libres de tout lien par leur situation exceptionnelle, sont rattachés à cette association par les intérêts que leurs directeurs peuvent avoir dans d'autres théâtres.

Voilà donc une industrie que le nouveau mode d'exploitation des théâtres met en péril; car si les anciens fournisseurs de théâtre peuvent se soutenir grâce à des bénéfices acquis autrefois, il ne se monte aucune nouvelle maison ; et nous arriverons à être tributaires des maisons de Munich et de Londres pour un grand nombre d'articles spéciaux.

Le sort des industries qui se rattachent au théâtre, celles des décorateurs, costumiers, cordonniers, armuriers, machinistes, etc., est pourtant digne d'intérêt, et l'on devrait songer que, dans ces industries, la France n'aurait pas de rivales, si un régime différent du régime actuel des théâtres ne les laissait pas dépouiller d'une façon indigne par les intermédiaires des directeurs de spectacles. Dans des pays voisins de la France, on fait venir des décors des maisons de Munich, alors qu'il ne serait pas plus coûteux de les prendre à Paris. Nous avons vu, dans les théâtres de Paris, des costumes de féerie venant de Londres et des décors ayant la même provenance. Pour prouver combien il importe de ménager ces industries essentiellement parisiennes, il n'y a qu'à donner le nombre de personnes concourant aux représentations dramatiques, relevé lors de l'enquête faite par le Conseil d'Etat en 1850. On

avait reconnu que 4,644 personnes concouraient
journellement aux représentations données sur
les théâtres de Paris et que les dépenses des
théâtres devaient être, non compris le droit des
pauvres, de huit à neuf millions. Il faut remarquer que ces chiffres fournis en 1850 ont dû
subir et qu'ils ont subi un accroissement considérable pour le personnel attaché directement
aux théâtres ; mais que, pour les costumiers,
pour les décorateurs, c'est-à-dire pour les industries qui fournissent au théâtre, le nombre n'a
pas augmenté dans les mêmes proportions. Si
une nouvelle enquête était faite, on arriverait
évidemment à ce résultat, et on se trouverait
devant cette étrange situation : un chiffre d'affaires beaucoup plus considérable et une industrie dans une situation moins prospère qu'il y a
vingt ans.

Prenons, avant de terminer ce chapitre, encore
un exemple du mode d'exploitation des théâtres.
Un entrepreneur de spectacles donne une matinée
dont le produit devait servir à élever un monu-

ment à un acteur célèbre, professeur d'artistes également célèbres. Les élèves de ce maître vénéré concourent gracieusement à cette représentation ; un écrivain, passé maître dans l'art de la parole fait, toujours gracieusement, une conférence remarquée à divers titres, la recette atteint 5,000 fr.; mais l'entrepreneur dramatique établit l'état de ses frais (n'oublions pas qu'il n'avait pas d'artistes à payer) : les frais se montent à 4,500 fr. Il restait donc une somme de 500 fr. pour l'érection du monument. L'entrepreneur eut l'impudence de les adresser au fils de l'artiste regretté qui ne voulut pas les accepter.

2.

IV

LES THÉÂTRES SUBVENTIONNÉS PAR L'ÉTAT

Les fonctionnaires de l'administration, ne sachant plus où commence ni où finit leur droit, ont pris le parti de laisser faire. Aujourd'hui il n'est plus temps de laisser faire, et nous pensons qu'il suffirait que le ministre manifestât ses intentions, pour que chacun fût rappelé à l'exécution de ses devoirs par des fonctionnaires qui voient, avec peine, l'état du théâtre en France et qui ne peuvent se contenter de remplir plus longtemps une véritable sinécure.

Comment s'expliquer, si ce n'est par la crainte de n'être pas suffisamment armée, cette longanimité de l'administration à l'égard des direc-

teurs des théâtres subventionnés qui ne rem-
plissent guère les clauses des cahiers des charges ;
qui augmentent ou diminuent à leur gré,
sans avis spécial au public, au mépris des ordonnances de police, le prix des places ; qui ne
peuvent faire interpréter par les artistes qu'ils
ont engagés, des pièces du grand répertoire ;
qui se refusent à donner des pièces de jeunes
auteurs, à moins que ceux-ci, par leur situation de fortune, puissent supporter une part
des frais de mise en scène? Un jeune auteur
a été pourvu récemment d'un conseil judiciaire
et entre les motifs allégués par la famille, si nos
renseignements sont exacts, se trouvent les
dépenses faites par ce jeune homme pour la
représentation d'une pièce dont il était l'auteur.
Si l'auteur n'est pas fortuné, on rencontre des
directeurs qui préfèrent se débarrasser de la
pièce, en payant l'indemnité fixée par le comité
des auteurs dramatiques lorsque la pièce a été
reçue précédemment. Dans un de ces théâtres se
trouve, assure-t-on, un employé supérieur qui a

été directeur subventionné et qui s'est autrefois expatrié, ayant touché la subvention sans
avoir rempli ses engagements.

Nous avançons que les théâtres subvention-
nes sont atteints très-gravement, nous n'allons
pas à la légère, car nous trouvons dans *les offres
et demandes d'emploi* d'un journal très répandu,
cette annonce: « *Poste lucratif, honorable, de théâtre
subventionné de l'État, caution garantie 30,000 fr.,
s'adresser, etc.* » Nous avons vu plus haut ce
que devenaient les cautionnements dans ces
entreprises.

Une des graves erreurs des administrateurs
des théâtres subventionnés est de croire que
l'Etat leur dispense les subventions unique-
ment pour les aider à soutenir la concurrence
avec les autres théâtres, et non pour encourager
les jeunes auteurs, former des artistes et offrir
aux maîtres de l'art, une interprétation sans
reproches.

Si la subvention était un don pur et simple
de l'État sans charges découlant de cette gratifi-

cation, les directeurs des théâtres non subventionnés seraient en droit de demander le retrait de subventions que rien ne justifierait.

La subvention n'est autre chose qu'une barrière que la sagesse de l'administration place pour enrayer les mouvements de décadence. La subvention, dans certains théâtres de l'Etat, fait des artistes de véritables fonctionnaires; ils doivent donc avoir l'orgueil de la mission qui leur est confiée et ne pas oublier que la dignité de l'artiste tient à la dignité de l'œuvre. On sait à quel état de grandeur morale était arrivé un de ces théâtres, le premier du monde, sous l'impulsion d'un honnête écrivain, savant des choses du théâtre, qui sut allier les devoirs de la vie privée avec les obligations du théâtre et qu montra à tous que les comédiens placés sous son administration étaient dignes d'aspirer aux distinctions qu'on avait jusqu'alors coutume de leur refuser.

V

LE DROIT DES PAUVRES

Nous ne sommes pas seuls à constater le mauvais état de l'industrie des théâtres. Les directeurs eux-mêmes font entendre leurs plaintes à qui veut les écouter; seulement ce n'est pas au mode d'exploitation que nous venons d'exposer qu'ils reprochent cette triste situation; c'est au prélèvement du droit des pauvres qu'ils attribuent leur impossibilité de faire face à leurs engagements. Cette erreur, que le public partage, serait facile à rectifier; il suffirait de mettre en regard des noms des faillis le montant du passif et celui du prélèvement de l'assistance publique, on arriverait à trouver une perception de 30,000 francs pour une faillite de 300,000.

Ce n'est pas la seule réponse qu'on aurait à faire aux demandes incessantes de la suppression d'un droit que le public finit par trouver inique, sans se rendre compte que les habitants des villes seraient contraints de remplir dans les caisses municipales les vides qu'y produirait cette suppression. Le droit des pauvres, au lieu de n'être perçu que sur le public des théâtres, (dont une partie se compose d'étrangers et de gens aisés) serait perçu sur toute la population et se traduirait par une aggravation d'octroi. Disons tout, les directeurs sont encore malvenus de se plaindre et de demander à conserver l'intégralité de la recette dont le onzième (chiffre perçu par l'assistance) n'est pas leur propriété, puisqu'ils ne sont que les agents de l'Assistance publique.

A l'origine, il y avait deux guichets aux portes des théâtres; le premier guichet délivrait la carte d'entrée, le second guichet était tenu par un employé de l'Assistance publique, entre les mains duquel le spectateur allait verser le dixième du prix de sa place. Cette manière de procéder éloignait les spectateurs qui avaient trop de formalités à remplir ; les directeurs demandèrent alors à ce que l'assistance mit des agents chargés de contrôler les recettes, et ils offrirent de percevoir eux-mêmes le montant du droit des pauvres, en le combinant avec le prix des places, ce qui explique pourquoi l'Assistance publique ne perçoit que le onzième ; ce chiffre, par la combinaison du droit et du prix de la place, représentant l'ancien dixième en sus indiqué par la loi.

Quant à la légitimité du droit des pauvres, elle a été contestée à différentes reprises ; nous croyons même qu'un entrepreneur de spectacles de jour, M. Ballande, a eu avec l'administration de l'Assistance publique, un procès au sujet de cette question, procès qu'il a perdu, car la légalité de la perception du droit des pauvres ne peut être mise en doute.

Les directeurs ont imaginé de demander qu'un droit fixe leur fut réclamé, prétendant que la perception du droit des pauvres étant très onéreuse pour l'Assistance, celle-ci pourrait diminuer la quotité du droit, de la somme économisée sur les frais d'employés et de bureau annuels par suite de la facilité de la perception. Mais, outre que les frais d'employés et de bureau n'ont pas l'importance qu'on leur donne, l'Assistance publique se trouverait en ace de mille difficultés pour obtenir le paiement des sommes qui lui seraient dues, et qu'on ne trouverait jamais en rapport avec les frais de l'entreprise. Elle ne pourrait même pas faire une tentative de poursuites, sans entendre les mêmes plaintes qu'aujourd'hui.

On s'appuie, pour demander ce mode de perception, sur l'exemple donné par les municipalités des départements qui perçoivent peu ou point ou qui contractent des marchés à forfait pour la redevance au bureau de bienfaisance ; mais le cas n'est pas le même : les municipalités

sont tenues, pour assurer l'existence des entreprises théâtrales, d'imiter l'Etat et de subventionner ces entreprises. Dans les subventions
est compris le droit de traiter à forfait avec le
bureau de bienfaisance ; souvent même les
municipalités accordent l'exemption complète
du droit. Ce sont là des raisons locales qui ne
peuvent trouver leur application à Paris.

VI

LES CAFÉS-CONCERTS

La seule plainte que les directeurs de théâtres auraient peut-être à porter contre l'Assistance publique, est à l'égard de la perception du droit des pauvres dans les cafés-concerts. On sait, en effet, que la perception, dans certains établissements, se fait après défalcation du prix d'achat des marchandises livrées à la consommation. Outre que les prix peuvent être, sur facture, des prix forts, susceptibles d'un rabais au moment du règlement, il faut remarquer que, dans les théâtres, si l'on ne délivre pas au spectateur des *consommations*, on est obligé à des frais d'artistes, de décors, de musique, bien plus considérables que ceux d'achat de bières ou d'alcools destinés à remplacer l'art dramatique et que l'Assistance publique ne tient aucun compte de ces frais. Il est juste de dire que si elle consentait à ne percevoir le droit dans les théâtres qu'après défalcation des frais, elle courrait risque de ne rien percevoir par suite de l'exagération fictive des dépenses. Il est notoire que les consommations servies dans les cafés-concerts permettent à l'entrepreneur de réaliser un bénéfice d'au moins 80 p. $^o/_o$, il n'y aurait donc pas d'inconvénients à frapper ces établissements d'un droit sur la recette brute. L'égalité serait rétablie et les directeurs de théâtres n'auraient pas lieu de se plaindre de ce chef.

Si les directeurs n'avaient plus de plaintes à adresser à l'Assistance publique à l'égard des cafés-concerts, ils auraient une juste requête à présenter à l'administration des théâtres pour demander la suppression des priviléges accordés aux cafés-concerts. Ces établissements jouissent aujourd'hui des mêmes droits que les théâtres ; ils peuvent représenter ce que bon leur semble, en vertu d'autorisations spéciales, que l'administration peut retirer. Ils ont sur les théâtres l'avantage d'offrir aux spectateurs peu délicats, des consommations et la faculté de fumer. Ce n'est pas que nous demandions ce droit pour les théâtres; mais nous sommes surpris que, dans un local, où se trouvent rassemblées des matières inflammables, non-seulement identiques à celles qu'on trouve dans les théâtres, mais encore d'autres matières en grande quantité, si l'on ajoute aux toiles, planchers, décors, les alcools destinés à être livrés à la consommation, les règlements de police n'imposent pas ici les mêmes obligations qu'aux théâtres. Le décret de 1864 n'a pas changé la situation des cafés-concerts. On peut donc les rappeler à l'exécution stricte des règlements ; car les autorisations successives (la première en 1867 à l'Eldorado), données à des cafés-concerts, n'ont aucun caractère définitif, et sont, par conséquent, révocables.

L'administration doit tenir compte de ces raisons. Elle doit refuser avec énergie la suppression du droit des pauvres ; mais d'un autre côté, elle doit prouver sa sollicitude pour l'art dramatique en obligeant les cafés-concerts à rentrer dans la légalité (*), en leur retirant les autorisations qui ont pu modifier les réglements.

Le mal fait aux théâtres par les cafés-concerts est bien plus grand dans les départements qu'à Paris. On connaît peu les cafés-concerts des départements ; car on s'imagine difficilement que dans de petites villes, des industriels aient eu l'idée d'ouvrir des établissements de ce genre. Il semble que les théâtres étaient bien suffisants pour les plaisirs des habitants des départements. Il n'en a rien été. Le répertoire des

---

(*) Art. 68 de l'arrêté du Préfet de Police (1864); sont astreints, comme par le passé, à notre autorisation préalable les cafés-concerts et les cafés dits chantants, où les exécutions instrumentales ou vocales doivent avoir lieu en habit de ville, sans costumes ni travestissements, sans décors et sans mélange de prose, de danse et de pantomime.....

cafés-concerts s'est répandu dans les départements ; et, comme il est déjà d'une moralité douteuse, que la crainte de la surveillance de la censure le maintient seule dans des limites à peu près acceptables, les artistes de province l'ont transformé par leurs gestes, par leur façon de prononcer certains mots ; ils en ont fait une véritable monstruosité, chose d'autant plus facile que, ces établissements se multipliant, la surveillance en est abandonnée à un simple agent de police qui se contente de demander le visa de la préfecture, qui n'écoute même pas les chants et qui serait du reste presque incapable de discerner ce qui est autorisé de ce qui est défendu, puisque le texte ne subit aucune modification.

Nous dépeignons sous un jour véritable cette déplorable situation qui s'est établie par l'ignorance dans laquelle on a laissé les préfets et les maires. Ces magistrats ont bien veillé, pendant quelques années, à l'exécution de la circulaire du maréchal Vaillant (mai 1864) ; mais, devant les autorisations accordées postérieurement, ils ont cru devoir suivre la ligne de conduite tracée à Paris par le Ministre, au mépris de ses premières instructions, et, ils ont, à leur tour, affranchi de fait les cafés-concerts des départements de toutes les charges imposées par le décret de 1864. Ces établissements ont enlevé, au début de la carrière, les jeunes artistes du chant et les jeunes comédiens, ils ont appauvri les troupes de province qui n'ont plus par ce fait, et pour des raisons que nous apprécierons plus loin, les éléments et les ressources nécessaires pour l'interprétation régulière des œuvres dramatiques.

Ce n'est encore rien ; mais, chose plus grave, ces cafés-concerts regorgent de monde. Leurs spectateurs sont composés de petits boutiquiers et d'ouvriers entourés de leurs familles, qui perdent ainsi le goût du théâtre, mais qui gagnent, en revanche, le goût de la boisson : c'est là ce que des écrivains ont cru devoir appeler *le théâtre démocratique.*

Pour nous, qui avons vu le mal de près, nous pensons que ces cafés-concerts, qu'ils soient à Paris ou en province, sont de véritables écoles d'immoralité. Qu'on cite un ou deux établissements à Paris qui aient droit, certains jours, à quelques compliments, il ne s'en suit pas pour cela que l'institution soit bonne ; ces exceptions ne font que confirmer la règle. Du reste, le mal va se propageant tous les jours, et, à côté des grands établissements que chacun connaît, il y a des établissements borgnes, brasseries et cafés où se font entendre des amateurs, en si grande quantité, que tous les commissaires de police de la ville de Paris ne suffisent pas à la surveillance, et on ne peut cependant s'en rapporter au sens d'un simple agent pour apprécier la façon d'interpréter les chants qui s'y récitent.

3.

VII

LES THÉATRES DANS LES DÉPARTEMENTS

On répondra qu'à l'égard de la ruine des théâtres, dans les départements, les cafés-concerts ont pu aggraver le mal, mais qu'ils n'en sont pas les auteurs. En effet, les promoteurs de la liberté des théâtres avaient fait valoir la mauvaise situation des théâtres de province. On pensait qu'en les affranchissant du privilége on donnerait essor à l'esprit inventif des entrepreneurs dramatiques. On ne vit pas que la division du territoire en arrondissements de théâtres, établie par le premier Empire, n'était plus en rapport avec les moyens de communication considérablement modifiés par l'établissement des chemins de fer; que des villes ont gagné, d'autres ont perdu au mouvement produit par la facilité des voyages. Des villes importantes, comme Rouen, par exemple, produisaient aux directeurs de théâtre des bénéfices considérables, mais aujourd'hui qu'en trois heures on peut être à Paris, les habitants de Rouen vont au théâtre à Paris et non pas chez eux. Le fait qui se produit à Rouen se produit dans toutes les localités voisines de la capitale. Il aurait donc suffi de modifier l'ancienne division du territoire en arrondissements de théâtre et le mal était conjuré.

Peut-être prouverait-on que la première année de la liberté des théâtres a été fructueuse pour les directeurs des départements, et je ne le nie pas; mais ce fait ne s'est produit que dans les villes dont les municipalités avaient cru devoir dispenser les administrations théâtrales de toutes obligations. Le théâtre se trouvant seul dans la ville, affranchi de toute concurrence, puisque les nouveaux entrepreneurs n'avaient pas eu le temps de construire des théâtres et des cafés-concerts, ne pouvait manquer de produire des bénéfices. Aujourd'hui, dans les villes qui autrefois n'avaient que deux théâtres, il y en a jusqu'à cinq et autant de cafés-concerts ; quels sacrifices peut-on imposer aux municipalités pour assurer le maintien de l'art sérieux, alors qu'il suffira de l'établissement d'un cirque, ou de la représentation d'une féerie dans un des nouveaux théâtres, pour faire perdre au directeur du théâtre de la ville son bénéfice d'une année ?

Le droit que les directeurs de théâtres privilégiés percevaient, avant le décret de 1864, sur les cirques et spectacles de curiosités, avait un caractère d'abus ; mais, en résumé, les villes concédaient ce droit qui représentait une partie de la subvention. Cette somme ne sortait pas des caisses municipales, et cependant les habitants en tiraient profit par les spectacles que pouvaient leur offrir leurs directeurs, dont les ressources étaient bien plus considérables qu'aujourd'hui, et qui pouvaient faire des sacri-

fices autrement importants qu'il n'a été possible
depuis le décret de 1864, si mal interprété et qu
a transformé les sources de produit en éléments
de concurrence contre les anciens privilégiés.
Les administrations locales se trouvent placées
dans une situation bien embarrassante, ie l'a-
voue ; mais, soit par suite de changements trop
fréquents, ou par ignorance de la matière,
aucune municipalité n'a su vaincre les obstacles
créés par la liberté des théâtres.

La plupart des villes de France sont proprié-
taires ou doivent le devenir, dans un temps plus
ou moins long, des théâtres construits anté-
rieurement au décret de 1864. Les municipalités
ont, néanmoins laissé s'élever des théâtres en
rivalité avec l'édifice municipal, sans faire
observer strictement les règlements de construction des salles de spectacle. Elles permettent,
à des limonadiers des théâtres, locataires de la
ville, d'organiser de véritables concurrences.
Nous avons vu des concerts établis dans des
cafés de théâtres, appartenant aux villes ;

et l'on sait que souvent l'importance de ces loca-
tions est très-minime, qu'elle représente quel-
quefois une sorte de secours ou de gratification.
Des machinistes de théâtres municipaux, agents
salariés des villes, profitent d'anciennes char-
pentes du cirque pour dresser des théâtres
complets. Ces faits montrent une incurie regret-
table; car les municipalités ne devraient pas
tolérer que des gens qui leur doivent les locaux
qu'ils occupent ou les appointements qu'ils
reçoivent, organisent une concurrence sérieuse
à l'égard d'entreprises que les municipalités
croient de leur devoir de subventionner. Ces
exploitations privées rendent très périlleuses
les entreprises théâtrales et amèneront une dépréciation notable de la valeur immobilière des
théâtres municipaux.

En réalité, le décret de 1864, tout en impo-
sant aux municipalités, au nom de la morale et
de l'art, le devoir de soutenir le théâtre de la
ville, a autorisé les concurrences qui peuvent
précipiter les municipalités dans des dépenses

beaucoup plus considérables, tout en détruisant
les bons résultats qu'on doit attendre de ces
théâtres municipaux, destinés à pourvoir, non-
seulement les principales scènes de la capitale,
mais encore de l'étranger.

Ce n'est pas tout, les auteurs bénéficiant des
lois de coalition, ont cru qu'il était de leur intérêt de ne plus donner leurs pièces nouvelles
aux théâtres des départements. Ils ont chargé
de l'interprétation de ces pièces, des artistes
parisiens qui s'engagent à verser un droit pro-
portionnel, lequel va jusqu'à douze pour cent sur
les recettes, au lieu du droit de six pour cent,
ou du droit fixe, suivant l'importance des
villes.

Voilà donc les artistes de province privés du
droit de jouer les auteurs contemporains. C'est
une barrière infranchissable mise entre les artistes parisiens dont certains sont insuffisants
et les artistes des départements dont quelques-
uns pourraient arriver à tenir avec honneur
une place à Paris, si l'on ne les parquait dans

l'interprétation d'ouvrages démodés, de par les auteurs, et en ne les astreignant plus à la représentation des pièces du répertoire classique, comme les municipalités ne manquaient pas de l'ordonner avant le décret de 1864.

Là, est le côté artistique de la question sur lequel nous n'avons qu'à glisser pour le moment, mais le côté matériel est triste à considérer : Un directeur de théâtre de province pourrait couvrir ses pertes d'une année par l'interprétation d'un succès parisien, les auteurs lui refusent ce moyen, ce sont ces mêmes auteurs, dont les mandataires ont fait signer au directeur un traité onéreux, comportant des billets qui peuvent être vendus à la porte du théâtre et dont le produit arrivera parfois à dépasser la somme perçue pour le compte des auteurs.

Les auteurs ont-ils bien réfléchi à ce qui résulterait un jour de cette manière d'exécuter un traité ? Ne voient-ils pas que leurs pièces, représentées par une seule troupe, ne leur fourniront jamais un chiffre de représentations aussi important que si elles étaient données sur tous les théâtres des départements, par des artistes divers qui ne se contenteraient pas de les interpréter une seule fois, mais qui voudraient sans cesse se montrer dans un de leurs rôles favoris?

Les auteurs ne voient-ils pas qu'ils détruisent leurs pièces, qu'ils les enterrent, en quelque sorte? Car dès que les artistes nomades ont passé, les pièces sont oubliées; tandis que, entrant dans le répertoire courant des théâtres des départements, elles peuvent être reprises les années suivantes, jouées de temps en temps, et produire ainsi et un succès constant et un revenu régulier?

Que si l'on rejette ces observations, il y aurait encore à voir là une question de dignité. Au nom des auteurs, on impose des traités très-lourds aux directeurs de théâtre, et lorsqu'un de ces directeurs compte sur un succès parisien, on lui demande deux cents ou trois cents francs pour le manuscrit; car, sans la propriété du manuscrit, il n'a pas le droit de jouer la pièce, droit qu'il a cependant payé par les obligations contenues dans son traité avec le représentant des auteurs dramatiques! Mais, comme ce traité est hérissé de clauses léonines, habilement mêlées à des articles de loi et à des arrêts, les malheureux directeurs n'osent jamais entreprendre une action judiciaire contre le représentant des auteurs qui, du reste, ne manque pas d'avertir que dans le cas de gain d'un procès par le directeur, aucun traité ne serait signé ultérieurement, si les frais du procès n'étaient pas remboursés préalablement par le directeur ayant obtenu gain de cause. Le fait où la Société serait condamnée n'est pas croyable ; mais il s'est présenté maintes et maintes fois.

Sait-on ce que c'est que trois cents francs pour un directeur de théâtre, dans une petite ville? C'est son bénéfice du mois. On le lui enlève sans nécessité, au détriment des auteurs, mais à l'avantage de l'agent qui touche son droit suivant l'importance des sommes perçues par lui.

Ce système peut durer dix ans; il peut produire des avantages généraux pour les auteurs ; mais, dans dix ans, les pièces auront
disparu du répertoire. Il ne sera pas plus question des pièces que des auteurs. Les troupes de
province n'existeront plus, et les auteurs s'aper-
cevront trop tard de l'erreur commise par eux
ou leurs anciens associes.

VIII

LES CORRESPONDANTS DES THÉATRES.

Nous n'aurions pas fini avec la situation des théâtres dans les départements, si nous ne signalions le dommage causé à l'art dramatique par certaines agences de théâtre. Il est entendu que nous n'attaquons pas les agents correspondants de théâtres, dont l'utilité est incontestable ; néanmoins nous ne pouvons nous empêcher de blâmer les agissements de certains d'entre eux.

A Paris, nous avons vu une vaste société qu englobe ou englobera tous les théâtres de la capitale ; dans les départements, nous voyons les directeurs, hommes liges des agents

d'affaires dits correspondants de théâtre, intermédiaires entre les directeurs et les artistes.
Nous pourrions citer ces agences qui sont plus
puissantes que les municipalités· qui nomment
et révoquent les directeurs de théâtres; qui dis-
pensent les subventions, comme si celles-ci sor-
taient de leurs caisses. On a remarqué que ces
faits ne se produisent pas seulement pour les
villes de second ordre, mais aussi pour les
grandes villes de France.

Cela se fait simplement et couramment. Une
municipalité apprend à un agent de théâtre
qu'elle cherche un directeur, (car nous ne savons
pas pourquoi il ne vient pas aux municipalités
actuelles l'idée de faire savoir par la voie des
journaux les conditions qu'elles imposent à la
direction du théâtre); l'agent fait choix parmi
ses clients; exige tout d'abord une remise sur
la subvention, remise qui sera prélevée sur les
premières recettes; fait les avances d'argent nécessaires, remboursables dans un temps très-
limité, stipulant des intérêts à un taux usuraire

et expédie le directeur, avant même que la municipalité ait eu le temps de prendre les renseignements que bien peu de municipalités demandent, du reste, savoir : si le directeur qu'elle a nommé, sur la recommandation de l'agent, remplit ses engagements d'ordinaire et si même il n'a pas trompé l'administration de la ville d'où il vient.

Les premières recettes d'un théâtre en province sont toujours bonnes. Les représentations se donnent après une fermeture du théâtre ; les soirées, au début de la saison d'hiver, sont longues ; on n'a pas pris ses mesures pour occuper son temps ; on veut connaître les artistes qui arrivent ; on espère beaucoup, et la caisse du théâtre s'emplit pendant tout le temps que l'agent de théâtre a à prélever pour se couvrir de ses débours et recevoir les intérêts qu'il a réclamés. Le directeur ne se trouve en possession complète de son entreprise que lorsque les fêtes du jour de l'an arrivent, que le carême commence, c'est-à-dire lorsqu'il n'y a plus de recettes à espérer. La faillite vient alors et

l'administration municipale se trouve con-
trainte de voter encore quelques subsides, à
moins de voir les artistes tomber dans une
misère effroyable, misère qu'on ne manquera
pas de lui reprocher; car ce sont toujours les
municipalités qui ont tort en semblable occu-
rence, si l'on écoute les plaintes intéressées que
les artistes et leurs fournisseurs font retentir.

Les directeurs des théâtres des départements
voulurent fonder, il y a quelque temps, une
société destinée à défendre leurs intérêts com-
muns; les premiers membres, une dizaine
environ, mirent en tête du règlement que tout
directeur ayant fait faillite, et n'ayant pas été
réhabilité, ne pourrait faire partie de la société.
Ils ne trouvèrent plus un adhérent.

Il faudrait aussi que les municipalités eussent
le courage de couper court à des abus qui tendent à se généraliser, par suite d'un état de
choses très-préjudiciable aux intérêts commu-
naux, celui qui donne à des conseillers municipaux des fonctions actives. C'est ainsi qu'on

charge assez volontiers un conseiller de la surveillance du théâtre; le maire, en lui abandon-
nant son autorité, fait de ce conseiller une sorte
d'intendant des menus plaisirs de la ville, dont
les allures seraient assez amusantes si son influence n'était pas préjudiciable aux intérêts du
théâtre. M. le Conseiller du théâtre, — on dit en
Belgique l'Échevin des beaux-arts, — a sa petite
avant-scène et une clef des coulisses. Il est tout-
puissant au moment des débuts. Il fait trembler
tout le monde. Le chef d'orchestre lui-même
craint de froisser un homme qui peut lui faire
perdre sa place de professeur de musique au
collège communal ou de professeur au conser-
vatoire, si la ville possède un établissement de
ce genre.

Il est donc absolument nécessaire que les
maires ne se déchargent pas de leur autorité à
l'égard des théâtres. C'est le seul moyen actuellement pratique, qui s'offre pour empêcher les
théâtres des départements d'être perdus à tout
jamais.

IX

DU ROLE DE L'ÉTAT ET DES MUNICIPALITÉS.

Les municipalités devraient veiller à la conservation, au juste contrôle d'un délassement dont les effets sont prodigieux sur le public. Elles devraient se soucier de l'art et de la dignité des artistes. En s'en préoccupant, elles assureraient le triomphe de la morale. Pour cela, elles doivent faire exécuter dans toute leur rigueur les ordonnances relatives aux cafés-concerts, ne jamais consentir d'abonnement avec ces entreprises pour la perception du droit des pauvres et prélever le droit tel que la loi l'indique, révoquer toutes les autorisations qui dérogeraient au décret de 1864, demander la no-

4

mination des directeurs de théâtres par l'administration centrale, sur la présentation des municipalités, tenues de fournir au moins deux
candidats. En outre de ces prescriptions dont
l'exécution est simple, (sauf celle de la nomination des directeurs par l'administration centrale), puisque l'autorité est suffisamment armée
par le décret de 1864, il faudrait faire exécuter
strictement les ordonnances de police dont l'action pourrait être étendue à la France par une
circulaire ministérielle. Ces ordonnances obligent les administrations théâtrales à ne pas
augmenter le prix des places, sans autorisation
spéciale et sans avis au public ; elles interdisent
à la porte des théâtres les ventes de billets éma-
nés de la direction et, en tous cas, toute vente
de cartes ou contremarques sur la voie publique ;
elles exigent des directeurs qu'ils fassent vendre
par les bureaux toutes les places indiquées comme
libres sur la feuille, relatant l'état des places
prises en location et désignent comme base du
droit des pauvres cette feuille dite de location

telle qu'elle était lors de la remise au commissaire de police.

Il ne s'agit pas de mettre une entrave à la liberté, il s'agit de protéger le public contre une exploitation indigne à laquelle se livrent, non seulement les théâtres libres, mais aussi des théâtres subventionnés. C'est la moralité qu'on fera entrer de force dans l'administration des théâtres.

Tout ce que nous avons dit n'a tendu à prouver qu'une chose, c'est que la mauvaise interprétation du décret de 1864 a compromis gravement l'art dramatique et qu'il suffirait de faire exécuter strictement le décret de la liberté des théâtres, en y ajoutant la seule clause de la nomination des directeurs par le ministre, pour sauver un art que la France a placé si haut et qui, malgré l'état de décadence dans lequel il y est tombé, n'a pas encore d'égal dans le monde. Mais il faut aussi que l'administration trace aux municipalités, leur devoir, il faut que les municipalités rédigent des arrêtés protecteurs de l'art,

de la morale et du public. Peut-être irions-nous
jusqu'à demander que les autorisations de construction de théâtres fussent dévolues au ministre; mais nous espérons que, lorsque les
municipalités seront éclairées sur leurs devoirs,
elles prendront l'initiative d'une semblable
mesure, si utile pour la sécurité publique; car
nous ne pensons pas qu'il y ait beaucoup de
nouveaux théâtres qui offrent des garanties
sérieuses de sécurité. La nomination du directeur soumise à l'autorité centrale, est la mesure
la plus urgente à prendre. Par elle, on arriverait
à repousser les directeurs qui ont pour habitude
de faire représenter des pièces immorales et qui
ne cherchent le succès que dans les pièces à scandale, celles qui risquent de fournir un aliment
à des troubles civils. On n'éviterait pas complétement les pièces malsaines, mais l'influence
de ces pièces serait considérablement atténuée;
on tracerait autour d'elles un cercle sanitaire;
on restreindrait l'espace dans lequel elles se
meuvent et elles arriveraient à périr. On

n'obligerait plus le père de famille, ou à faciliter la démoralisation de ses enfants, ou à priver ceux-ci d'un plaisir qui peut être, et qui devrait être, dans notre civilisation, un plaisir honnête, élevé, plein d'enseignements. Le théâtre est en voie de devenir un épouvantail pour la famille. S'il continue à flatter certains appétits qui demandent des choses de haut goût ou à s'attirer la bienveillance des étrangers qui viennent ici chercher des distractions et des joies bien différentes de celles du foyer domestique, il pourra bien perdre tout crédit et finir d'une fin misérable.

Le premier devoir est d'aviser, sans retard, avec la nomination des directeurs de théâtres par le ministre, à l'annihilation complète des sociétés et des agences de théâtres, qui ne tendent à rien moins qu'à usurper le rôle que l'État possédait avant 1864 et à détenir complétement, à leur profit. l'industrie dramatique.

Lorsque ces sociétés et ces agences et même les représentants des auteurs se trouveront en face de directeurs nommés par l'administration, ils n'auront pas à menacer ces directeurs d'un remplacement pur et simple, au cas où les directeurs trouveraient trop lourdes les conditions exposées; ils seront contraints d'accepter les conditions justes et équitables que leur feront les entrepreneurs de spectacles, de *demandeurs* devenus *offrants*, directeurs dont la conduite, toujours surveillée par le bureau des théâtres, ne pourra pas s'écarter des règles de la probité, sous peine de voir s'anéantir leur situation présente ou leurs espérances futures en vue de directions plus avantageuses.

Quelle force l'Etat aura-t-il plus tard pour opposer à ces sociétés qui, malgré lui, dans une certaine mesure, disposeront de l'esprit public; qui, par des engagements et des traités, auront à leur discrétion auteurs et artistes et un personnel de plus de quatre mille individus? Quels moyens emploiera-t-on pour modifier la législation, si l'on attend que le monopole de l'industrie dramatique appartienne complétement à ce groupe composé de chefs de claque, de marchands de billets, d'agents correspondants de théâtres, de banquiers agents d'affaires

Que l'administration y songe bien : avant qu'il soit longtemps, il y aura, en dehors d'elle, une véritable Direction des théâtres, qui distribuera les privilèges, selon son bon plaisir; qui se sera substituée maîtresse, absolue, à l'Etat et aux municipalités, dans la répartition des plaisirs intelligents du peuple français.

TABLE DES MATIÈRES

PARIS. — IMPRIMERIE L. HUGONIS, 19, PASSAGE VERDEAU
MÊME MAISON : 56, RUE NOTRE-DAME-DE-LORETTE